Vente du Vendredi 5 Novembre 1880,

HOTEL DROUOT, SALLE N° 3

OBJETS D'ART

ET

DE CURIOSITÉ

Appartenant à M. X***

EXPOSITION PUBLIQUE:

Le Jeudi 4 Novembre 1880,

DE UNE HEURE A CINQ HEURES.

COMMISSAIRE-PRISEUR	EXPERT
Mr CHARLES PILLET,	M. CHARLES MANNHEIM,
10, rue de la Grange-Batelière.	7, rue Saint-Georges.

IMPRIMERIE DE H. SLIPPNER

CATALOGUE

DES

OBJETS D'ART

ET

DE CURIOSITÉ

Faïences de Delft; Groupes et Statuettes en ancienne porcelaine de Saxe;
Porcelaines de la Chine, du Japon et de Saxe;
Joli Cabaret solitaire en ancienne porcelaine de Berlin; Tabatières; Bijoux; Miniatures;
Emaux; Quelques Tableaux; Sculptures en bois et en ivoire;
Jolie petite Pendule du temps de Louis XVI;
Quelques Meubles.

Appartenant à M. X***

ET DONT LA VENTE AURA LIEU

HOTEL DROUOT, SALLE N° 3
Le Vendredi 5 Novembre 1880,

A DEUX HEURES.

Par le ministère de **Me Charles PILLET**, commissaire-priseur,
10, rue de la Grange-Batelière.

Assisté de **M. Charles MANNHEIM**, Expert, 7, rue Saint-Georges,

Chez lesquels se trouve le présent catalogue.

EXPOSITION PUBLIQUE, le Jeudi 4 Novembre 1880,
DE UNE HEURE A CINQ HEURES ET DEMIE.

CONDITIONS DE LA VENTE

——— — —— —

Elle sera faite au comptant.

Les adjudicataires payeront *cinq pour cent* en sus des enchères.

L'exposition mettan   t à même de se rendre compte de l'état des objets, il ne sera admis aucune réclamation une fois l'adjudication prononcée.

Paris. — Typ. PILLET et DUMOULIN, 5, rue des Grands-Augustins.

DÉSIGNATION DES OBJETS

FAIENCES DE DELFT

1 — Joli plateau de forme contournée décoré en trompe-l'œil de paysages et de figures en camaïeu bleu sur fond jaune.

2 — Jolie plaque à contours représentant un sujet en camaïeu bleu au centre avec encadrement dit cachemire et bordure d'ornements en relief. Belle qualité.

3 — Plaque carrée à angles carrés et rentrants à décor de style chinois en camaïeu bleu.

4 — Jolie petite corbeille en Delft doré de forme ronde et à deux anses, décorée au fond d'un médaillon paysage et marine entouré d'ornements rocaille. Le reste de la pièce est décoré de jetés de fleurs.

5 — Porte huilier avec burettes en faïence de Delft à décor bleu à feuillages.

6 — Saladier oblong à décor bleu; marine et fleurs.

7-8 — Trois potiches à décor bleu variées de formes.

9 — Tableau rectangulaire composé de douze carreaux de faïence représentant une scène de paillasse en camaïeu bleu d'après Karel Dujardin.

10 — Deux vases en forme de balustre à pans, avec socles mobiles décorés de larges fleurs polychromes à l'imitation des faïences de Nove.

11 — Ecuelle avec plateau, de même faïence.

PORCELAINES DE SAXE

ET AUTRES

12 — Joli groupe de deux Amours en ancienne porcelaine de Saxe et représentant la Paix.

13 — Statuette de satyre debout sur socle à gorge en vieux Saxe.

14 — Petit groupe de cinq figures d'enfants en porcelaine de Saxe : les Cinq Sens.

15 — Joli petit groupe de deux figures en ancienne porcelaine de Saxe : Diane et Endymion.

16 — Deux petits groupes composés chacun de deux figures d'enfants en vieux Saxe : Enfants musiciens et enfants pêcheurs.

17 — Groupe de deux figures d'enfants en ancienne porcelaine de Saxe : les petits Artistes.

18 — Figurine de jeune femme pinçant de la guitare en ancienne porcelaine de Saxe.

19-23 — Onze figurines des diverses fabriques allemandes et représentant des sujets variés. Ce lot sera divisé.

24 — Trois figurines en ancienne porcelaine blanche d'Allemagne.

25 — Joli déjeuner solitaire en ancienne porcelaine de Berlin décoré de jeux d'Amours et d'ornements, à imbrications carmin et or au bord. Il se compose d'un plateau, de quatre grandes pièces et d'une tasse avec soucoupe.

26 — Petite cafetière, flacon à thé et tasse en ancienne porcelaine de Saxe à médaillons de paysages et riches encadrements d'or et couleurs.

27 — Jolie tasse forme droite en ancienne porcelaine de Vienne à médaillons groupes d'animaux et bords violacés rehaussés de dorures.

28 — Deux tasses avec soucoupes en vieux Saxe bords gaufrés et sujets de personnages.

29 — Tasse et soucoupe en ancienne porcelaine de Vienne à contours, décorée de fleurs.

30 — Autre tasse avec soucoupe de même porcelaine décorée de fleurs et d'imbrications bleues.

31 — Tasse et soucoupe en ancienne porcelaine de Saxe décorée d'animaux en camaïeu carmin. Marque au serpent.

32 — Théière et réchaud en ancienne porcelaine de Saxe
la théière est décorée de jeux d'enfants dans des paysages et le réchaud est orné de fleurs en relief.

33 — Deux tasses avec soucoupes en vieux Saxe dont l'une
à décor en camaïeu noir.

34 — Sucrier en porcelaine d'Allemagne décoré de groupes
de figures de style hollandais.

35 — Deux très petits vases en forme de balustre à deux
anses en vieux Saxe décorés de fleurs.

36 — Deux jolis plats à pans en ancienne porcelaine de la
Haye décorés de groupes d'oiseaux en couleurs au centre et au marli de bouquets de fleurs en bleu encadrés
d'or.

PORCELAINES DE CHINE

ET DU JAPON

37 — Joli vase de forme cylindrique et à gorge, en ancienne porcelaine de Chine décoré d'un sujet familier
en émaux de la famille rose.

38 — Deux jolis petits bassins ronds en ancienne porcelaine de Chine décorés de fleurs et d'oiseaux en émaux
de la famille verte.

39 — Potiche à couvercle en ancienne porcelaine du Japon
à décor bleu à fleurs arabesques.

40 — Joli plat rond en ancienne porcelaine de Chine décoré de fleurs et de feuilles en émaux de la famille rose.

41 — Six assiettes de même porcelaine et de même décor.

42 — Curieux compotier en ancienne porcelaine de Chine décoré d'un sujet en plein représentant le Calvaire d'après un dessin européen et émaillé en couleurs.

43 — Joli cabaret en ancienne porcelaine de Chine décoré de sujets familiers finement peints et de fleurs arabesques dorées. Il se compose de : quatre vases hauts à anses, sept tasses basses sans anses, quatre grandes pièces et deux petits plateaux.

44 — Six tasses avec soucoupes en vieux Chine à décor bleu à fleurs.

45 — Deux autres tasses à décor bleu à personnages.

46 — Six petites assiettes creuses décorées de fleurs bleues et portant une marque à six caractères.

47 — Deux plats ronds à bords festonnés décorés de paysages avec personnages en bleu.

48 — Deux autres plats ronds en vieux Chine à décor bleu à compartiments de fleurs.

49 — Plat analogue mais beaucoup plus grand.

50 — Deux petites chimères assises sur socle carré en ancien blanc de Chine.

51 — Six assiettes en vieux Chine décorées de chimères et d'oiseaux émaillés bleu.

52 — Assiette à pans en ancienne porcelaine de l'Inde.

53 — Petit plat rond en vieux Chine décoré de vases de fleurs.

54 — Dix pièces diverses : assiettes, petits plats et soucoupes.

55 — Vase forme bouteille et son support en poterie de Kanga à décor rouge.

TABATIÈRES ET BIJOUX

56 — Jolie boîte oblongue à angles rentrants et arrondis en or émaillé gros bleu sur fond guilloché, cordons à pois d'émail blanc et pilastres ornés. Le dessus est orné d'une peinture en camaïeu sur émail représentant un sujet biblique, avec encadrement de demi-perles. Travail de Genève du temps de Louis XVI.

57 — Tabatière en ancienne porcelaine de Saxe décorée de médaillons de paysages encadrés d'ornements en relief.

58 — Boîte oblongue et profonde en ancienne porcelaine tendre décorée de jetés de fleurs ; à l'intérieur du couvercle, portrait de femme vue à mi-corps.

59 — Fond de boîte en ancienne porcelaine de Saxe décorée en camaieu carmin, paysage et monuments. L'intérieur est doré.

60 — Coffret en argent doré émaillé à froid enrichi de pierreries. Le dessus est orné d'unbas-relief sur ivoire représentant deux cavaliers combattant ; la plaque d'ivoire porte au revers un écusson armorié supposé être celui de la famille des Wallenstein.

61 — Breloquet avec clef et deux cachets en or. Travail du temps de la Restauration.

62 — Bout de table Louis XVI en argent estampé à figures, guirlandes de fleurs et ornements.

63 — Deux petites salières ovales de même style avec intérieurs en verre bleu.

64 — Petit modèle de lustre flamand en argent.

65 — Ceinture en argent à médaillons carrés repercés à jour et ornés de figures d'Amours. Style Louis XIII.

66 — Porte-aiguille en argent estampé.

67 — Montre à double boite en argent repoussé accompagnée de sa chaîne ou breloquet, garni de divers ustensiles. Epoque Louis XV.

68 — Petite boîte du temps de Louis XIII en écaille décorée de trophées d'armes et d'un sujet de combat en bas-relief.

69 — Drageoir en écaille incrustée de nacre et d'or. Epoque Louis XIV.

70 — Boîte ronde en ivoire ornée d'une miniature. Scène d'intérieur d'après Greuze.

MINIATURES ET ÉMAUX

71 — Deux grandes miniatures sur vélin, Portraits en pied de Louis XIV et Marie-Thérèse.

72 — Miniature ronde sur vélin attribuée à D. de Savignac. Entrée d'un port de mer. Cadre en bronze doré.

73 — Grande miniature ronde sur ivoire peinte en grisaille sur fond noir dans la manière de de Gault : scène de bacchanale. Cadre en bronze doré.

74-81 — Vingt miniatures diverses qui seront vendues par lots.

82 — Médaillon ovale peint sur émail. Portrait de femme en costume de la fin du xviiiᵉ siècle. Cadre en bronze.

83 — Dessus de boîte en ancienne porcelaine de Saxe représentant des acteurs de la Comédie italienne en camaïeu carmin.

TABLEAUX

84-90 — Environ vingt tableaux par et d'après différents maîtres des diverses écoles. Ce lot sera divisé.

SCULPTURES

91 — Ivoire. — Vénus dite de Médicis. xviiᵉ siècle. Haut., 38 cent.

92 — Ivoire. — Médaillon ovale sculpté en bas-relief et représentant une sainte Famille. xviiᵉ siècle.

93 — Ivoire. — Bas-relief oblong représentant le triomphe d'Ariane. xviiiᵉ siècle.

94 — Ivoire — Triptyque de style vénitien orné de quantité de bas-reliefs représentant des sujets tirés de la vie du Christ.

95 — Cire peinte. — Deux hauts-reliefs sans fond rehaussés de couleurs : Fruitière vue à mi-corps et jeune mère et son enfant.

96 — Cire peinte. — Deux autres hauts-reliefs. Frédéric le Grand et François-Joseph d'Autriche.

97 — Ivoire. — Deux bas-reliefs représentant le duc de Buckingham et Elisabeth de France. Travail moderne.

98 — Ivoire. — Deux statuettes : Adam et Ève debout. Elles sont signées D. Xaveri 1611

99 — Ivoire. — Dessus de drageoir sculpté en bas-relief et représentant Josué arrêtant le soleil.

100 — Bois. — Statuette de femme debout portant un oiseau de son bras surélevé. Travail moderne.

101 — Ivoire. — Trois petits triptyques de travail moderne et de styles variés.

102 — Nacre. — Coffret oblong finement sculpté à fleurs et ornements rapportés. Travail chinois.

103 — Marbre blanc. — Figurine d'enfant nu couché et endormi.

OBJETS VARIÉS

104 — Deux lampes modérateur montées dans des vases en émail cloisonné de la Chine, décorés de fleurs et d'ornements sur fond bleu turquoise et garnis d'une monture de style chinois en bronze noir et or.

105 — Bougeoir de forme triangulaire en fer incrusté d'argent, style Louis XIII.

BRONZES D'AMEUBLEMENT

106 — Jolie petite pendule du temps de Louis XVI en bronze doré au mat et marbre blanc, modèle à pilastres, appliques finement ciselées et vase à deux anses à sa partie supérieure.

107 — Deux petits candélabres à deux lumières en bronze doré au mat et marbre blanc, ornés chacun d'une figurine d'enfant. Style Louis XVI.

108 — Pendule Louis XVI en bronze doré, marbre blanc et marbre noir; modèle à balustres, surmontée d'une figurine d'Amour debout en biscuit de porcelaine.

109 — Petit groupe de trois enfants musiciens en bronze.

MEUBLES

110 — Grande pendule du temps de Louis XIV en marqueterie d'écaille garnie de bronze doré. Elle est surmontée d'une figure du temps. Travail moderne.

111 — Table Louis XVI en bois sculpté et doré à quatre pieds à frise ornée et rosaces aux angles supérieurs des pieds. Le dessus est décoré d'un vase de fleurs. Travail hollandais.

112 — Petit meuble à quatre faces décoré de panneaux peints dans le goût de Raphaël.

Imprimé en France
FROC032128200120
23228FR00021B/487/P